Yo no acusé a Seño
por lo que hizo.

Y eso es porque si se lo decía a mamá, me iba a meter en un lío por espiar.

Y si se lo decía al señor del supermercado, Seño iría a la cárcel. Así que guardé el secreto en mi cabeza.

Porque nadie puede ver los secretos que tienes en la cabeza.

Ni aunque te miren por las orejas.

Junie B. Jones
espía
un poquirritín

por Barbara Park
ilustrado por Denise Brunkus

SCHOLASTIC INC.
New York Toronto London Auckland Sydney
Mexico City New Delhi Hong Kong Buenos Aires

A mi editora, Linda Hayward,
la supermejor *amiga de Junie B. en la vida real*

Originally published in English as
Junie B. Jones and some Sneaky Peeky Spying.

Translated by Aurora Hernandez.

ISBN 0-439-42515-8

12 11 10 9 8 7 6 5   4 5 6 7/0

Printed in the U.S.A.   40

First Spanish printing, November 2002

Contenido

Junie B. Jones
espía
un poquirritín

1/ Espiar un poquirritín

Me llamo Junie B. Jones. La B es de Beatrice, pero a mí no me gusta Beatrice, así que sólo es una B y ya está.

Voy a kindergarten. Kindergarten es lo que va antes de primero, pero la verdad es que no sé por qué le pusieron ese nombre tan tonto de kindergarten. Lo que yo creo es que se debería llamar grado cero.

Mi maestra se llama Seño.

También tiene otro nombre, pero a mí me gusta Seño y ya está.

Seño tiene el pelo corto y color café. Y

usa unas faldas largas de lana. Y se ríe un montón.

Menos cuando hago mucho ruido. Entonces da palmadas muy fuertes.

Antes me daba mucho miedo, pero ya me he acostumbrado. Y ahora no le hago ni caso.

Me encantaría que Seño viviera en la casa de al lado.

Así yo y ella seríamos vecinas.

Y *supermejores* amigas.

Y también la podría espiar.

Espiar es cuando te quedas muy quieta y miras a la gente por un agujerito o una rendija o algo así.

Yo soy una *espiadora* muy buena.

Porque mis pies son muy silenciosos y cuando respiro no me suena la nariz.

El viernes pasado, fui a casa del abuelo Miller y me escondí en el canasto de la ropa sucia.

Luego entró mi abuelo en el baño y levanté un poquito la tapa y lo estuve mirando.

¿Y sabes qué?

¡Que el abuelo Miller se sacó todos los dientes de la cabeza! ¡Pues eso!

¡Salí disparada del canasto!

—¡OYE, ABUELO! ¿CÓMO HICISTE ESO TAN RARO? —grité.

Entonces mi abuelo dio un grito fuertísimo y salió corriendo del baño superrápido.

Creo que el abuelo tiene la presión alta.

Al poco rato mi mamá entró en el baño dando pasos enojados.

—¡Esto se acabó! —gritó—. ¡Que no se te ocurra volver a espiar! ¡Es la última vez que te lo digo! ¿Entendido, jovencita? ¿Lo has oído?

—Sí —dije—, porque me estás gritando en la oreja. Pues por eso.

Luego mamá me llevó a casa y siguió enojada conmigo.

—Y ahora juega a algo sin hacer ruido —me dijo medio gruñendo—. Tu hermanito tiene que dormir la siesta.

Entonces, empecé a pensar y a pensar

qué podía hacer y se me ocurrió una idea buenísima.

Primero, me quité mis zapatos ruidosos...

Luego, entré de puntillas, sólo con las medias, en la habitación de Ollie, el bebé.

Y me puse a espiarlo a través de las barras de su cuna.

Porque… ¿a qué se puede jugar sin hacer ruido? ¡Sólo a espiar!

Pero peor para mí porque el aburrido del bebé no hacía más que dormir y dormir.

Y eso no era nada divertido.

Y por eso, así sin querer, le soplé en la cara.

Y le hice cosquillas en la nariz con una cinta.

Y le grité "¡DESPIERTA!" en el oído.

¿Y sabes qué? Pues que Ollie abrió los ojos. Pues eso.

Luego empezó a llorar muy fuerte y mamá entró corriendo en la habitación.

¡Pero no me vio!

¡Porque me escondí muy rápido en el armario!

Me reí yo sola. "Soy la *supermejor espiadora* del mundo mundial", me dije por dentro de mi cabeza.

Y fue así cómo al subir al autobús de la escuela esa misma tarde, empecé a dármelas un poquito de *espiadora*.

—Soy la *supermejor espiadora* del mundo mundial —le dije a mi *supermejor* amiga, Grace.

Luego, me quité los zapatos y le mostré mis pies silenciosos con calcetines.

—¿Ves? —le dije—. ¿Ves que silenciosos son? A estos no se los oye ni un poquito.

Después le mostré cómo respiraba hacia adentro y hacia afuera.

—¿Y ves? Mi nariz tampoco hace ruido —le dije.

La tal Grace sonrió y dijo:

—Yo también soy una *espiadora* muy buena.

Le di unas palmaditas en la espalda.

—Pues peor para ti, Grace, pero yo lo dije antes y ya no puedes ser tan buena como yo.

La tal Grace me sopló toda enojada. Creo que a eso se le llama resoplar.

—Tu nariz hace ruido, Grace —le dije.

Justo en ese momento, el autobús llegó a la escuela y yo y la tal Grace echamos una carrera hasta el parque.

Lo que pasa es que me ganó, pero en realidad no cuenta porque es que yo no estaba jugando a las carreras de verdad.

Luego jugamos a los caballos con mi otra *supermejor* amiga Lucille. Pero enseguida sonó la campana y todas nos fuimos al Salón Nueve superrápido.

Seño estaba en la puerta esperándonos.

—Buenas tardes, señoritas —nos dijo.

—Buenas tardes, señorita —le dije con mucha educación.

Entonces Seño me sonrió.

Eso es porque es la maestra más buena que he conocido jamás.

Y por eso me encantaría que yo y ella fuéramos *supermejores* amigas.

¿Y sabes qué más?

Que me encantaría esconderme en su canasto de ropa sucia.

2/ **Preguntas**

Yo y mi *supermejor* amiga Lucille nos senta-
mos en la misma mesa.

Mi mesa es donde me siento toda estirada.

Y hago mi trabajo.

Y no hablo con mis compañeros.

Pero siempre se me olvida esa parte.

—¿Dónde vivirá Seño? —le pregunté a
Lucille en voz muy superbaja.

—Shh —dijo Lucille—. No podemos
hablar porque nos metemos en un lío. Y
además, tú no puedes saber dónde vive. Porque es un secreto.

—¿Y eso quién lo ha dicho? —le pregunté.

—Pues lo ha dicho mi hermano. Y está en tercero. Y dice que los maestros tienen que guardar en secreto el sitio donde viven. Si no, los niños pueden ir y tirarles tomates podridos.

Le resoplé.

—Sí claro, pero Lucille, lo que pasa es que yo no quiero tirarle tomates podridos —le expliqué—. Sólo quiero esconderme en su canasto de ropa sucia y ya está.

—No me importa —dijo—. No te dejan. Porque lo ha dicho mi hermano. Y él sabe más que tú. Para que te enteres.

Le puse cara de enojada.

—No se dice para que te enteres, Lucille —le dije.

Luego le mostré mi puño. Pero Seño me vio. Y por eso tuve que abrir la mano.

Después de eso me porté muy bien. Me senté muy estirada y hice todo mi trabajo.

Trabajo es cuando usas el cerebro y un lápiz.

Sólo que a veces sin querer yo uso mucho la goma y le sale un agujero a mi papel.

—¡Oye! ¡Qué bien lo he hecho hoy! ¡No hay agujero! ¡Mira tú!

Seño vino a mi mesa. Puso una estrella dorada en mi papel.

—Sí que lo has hecho muy bien, Junie B. —me dijo—. A lo mejor cuelgo tu dibujo en la pared para el lunes, que es el Día de los Abuelos. ¿Te parece bien?

—Sí —le dije—. Sólo que siempre se me olvida por qué van a venir esos señores aquí.

Entonces, Seño me volvió a explicar lo del Día de los Abuelos.

Me dijo que nuestros abuelos iban a venir a visitarnos. Y que les íbamos a mostrar el Salón Nueve. Y que íbamos a tomar *frescos* juntos.

Seño nos contó que los *frescos* eran galletas y una gaseosa.

Levanté la mano.

—Sí, claro. Sólo que yo no creo que en casa me dejen tomar eso que se llama gaseosa. Porque sólo me dejan tomar leche y jugos, y ya está.

Seño miró hacia el techo. Entonces yo también miré hacia arriba, pero no vi nada.

—¿Quién puede traer galletas el lunes? —preguntó Seño.

—¡YO! ¡YO! —grité muy contenta—. PORQUE MI MAMÁ ES LA *SUPERMEJOR* COCINERA DE GALLETAS DEL MUNDO MUNDIAL. PUES POR ESO. SÓLO QUE UNA VEZ SIN QUERER SE LE OLVIDÓ QUE ESTABAN EN EL HORNO Y TUVIERON QUE VENIR LOS BOMBEROS A NUESTRA CASA.

Seño se rió. Pero yo no sé por qué. Porque no era una historia divertida.

Después de eso, me dio una nota para mamá. Creo que decía algo sobre hacer galletas.

—Si tu mamá tiene alguna pregunta, por favor, dile que me llame —dijo Seño.

¡Justo en ese momento se me ocurrió una idea genial!

—¡Oiga! —dije—. ¡A lo mejor yo y mi mamá podemos llevar las galletas a su casa! ¡Y así descubro dónde vive!

Seño me despeinó con la mano.

—No hace falta que vengan a mi casa, Junie B. Basta con que traigas las galletas a la escuela el lunes.

Sonreí dulcemente.

—Sí, claro, pero yo todavía quiero ver dónde vive —le dije.

Seño se dio la vuelta y se fue a su mesa. Y por eso me fui detrás de ella.

—¿Tiene una casa de esas como las de los ricos? ¿O una casa de las normales? —le pregunté—. Porque yo tengo una casa de las normales. Pero mamá quiere una como las de los ricos. Pero papá dice que *pa'eso* hay que tener mucha suerte.

Seño señaló mi silla. Eso quiere decir que me siente. Creo.

—Sí, ya, pero ¿usted también tiene un papá que vive en su casa? ¿Lleva fotos de él en la cartera? ¿También tiene una caja secreta? Porque mi abuelo Miller tiene una de esas cosas con cincuenta pesos. Sólo que no se lo puede decir a mi abuela.

Seño me tomó de la mano. Luego yo y ella volvimos a mi mesa.

—¿Y sabe qué? Que me gustaría saber a qué hora se tiene que ir a la cama. Porque yo me tengo que ir a la cama cuando la aguja pequeña está en el siete y la grande está en el seis. Sólo que no me gusta nada esa hora tan tonta de ir a dormir. Porque, claro, ni siquiera estoy cansada.

Seño puso un dedo en sus labios.

—Ya es suficiente, Junie B. Jones —dijo—. En serio. Quiero que te quedes callada ahora mismo.

Entonces se volvió a ir a la parte de adelante del salón. Y no contestó ninguna de mis preguntas.

¿Y sabes por qué?

Porque Seño es una persona muy misteriosa y secretuda. Pues por eso.

3/ Una persona muy misteriosa y secretuda

Yo y mi *supermejor* amiga Grace volvimos a casa juntas en el autobús.

Allí fue donde le hablé sobre Seño y su casa secreta.

—Seño es muy misteriosa y secretuda —le dije—. Porque no quiere contestar ninguna de mis preguntas. Y ahora sí que tengo curiosidad.

La tal Grace arrugó sus cejas.

—Yo también —dijo—. Ahora yo también tengo curiosidad.

Le volví a dar una palmadita en la espalda.

—Bueno Grace, pues peor para ti, porque no puedes tener tanta como yo. Porque yo lo dije antes. ¿Te acuerdas?

La tal Grace volvió a resoplar.

—Vaya. Todavía te hace ruido la nariz, Grace —le dije.

Unos minutos más tarde, bajé del autobús. Salí corriendo a mi casa más rápido que un cohete espacial.

—¡ABUELA! ¡ABUELA! —grité muy nerviosa—. ¡SOY YO, JUNIE B. JONES! YA ESTOY EN CASA.

La abuela Miller nos cuida a mí y al bebé Ollie cuando mamá está en el trabajo.

Estaba en la cocina dándole a Ollie un puré de zanahorias.

—ABUELA ¿SABES QUÉ? ¿SABES QUÉ? ¡QUE MI MAESTRA ES MUY MISTERIOSA Y SECRETUDA! ¡Y NO ME

QUIERE DECIR DÓNDE VIVE! ¡SÓLO QUE YO ME MUERO DE GANAS DE IR A SU CASA!

La abuela Miller me chistó.

—Junie B, no hace falta que grites —me dijo—. Estoy aquí cerca.

—Ya, ¡pero no puedo hablar sin gritar, abuela! Porque tengo curiosidad.

La abuela Miller sonrió un poco.

—Ya sabes, la curiosidad mató al gato —dijo.

Entonces me quedé con la boca abierta hasta atrás. Y los ojos casi se me salen.

—¿Qué gato, abuela? ¿Dónde lo mató la curiosidad? ¿Fue en esa calle que hay cerca de mi escuela? Porque vi un gato hecho papilla en la calle cerca de mi escuela. Sólo que Paulie Allen Puffer dijo que lo había *tropellado* el camión de helados.

La abuela Miller se quedó mirándome

durante un rato muy largo. Luego se fue al lavabo y se tomó una aspirina.

Justo en ese momento oí un ruido en la puerta principal.

¡Y ese ruido se llamaba mamá que volvía del trabajo!

—¡MAMÁ! ¡MAMÁ! TENGO UNA NOTA MUY *PORTANTE* DE SEÑO POR- QUE TÚ Y YO VAMOS A HACER UNAS GALLETAS RIQUÍSIMAS. ¡DESPUÉS SE LAS PODEMOS LLEVAR A SU CASA Y ASÍ VEMOS DÓNDE VIVE!

Mamá leyó la nota.

—La nota dice que las galletas son para la escuela, Junie B., no para la casa de tu maestra.

—Bueno, sí, eso ya lo sé. Pero mi maes- tra es misteriosa y secretuda. Y no me quiere decir dónde vive. Así que lo vamos a tener que averiguar nosotras solas.

Mamá movió la cabeza.

—De eso nada, monada —dijo.

—¿Cómo que no? —grite—. ¡Tenemos que hacerlo! Porque ahora tengo esta curiosidad dentro de mí. Y tengo que descubrir dónde está su casa. Y si no lo hago, la abuela dice que me va a *tropellar* el camión de los helados.

Entonces mamá miró a la abuela con el ceño fruncido. Y abuela se tomó otra aspirina.

—Tu maestra no es misteriosa ni secretuda, Junie B. —dijo mamá—. Es una persona normal, con una familia normal. Y de ninguna manera vamos a ir tú y yo a molestarla a su casa.

Di un pisotón.

—¡SÍ QUE VAMOS A IR! ¡SÍ SEÑORA! ¡PORQUE A MI ME DA LA GANA Y YA ESTÁ!

Después de eso, me mandaron a mi habitación.

Porque no se puede gritar. Ni dar pisotones. Aunque nunca antes había oído esa regla tan tonta.

Cerré la puerta de un portazo. Luego escondí la cabeza debajo de la almohada. Y llamé a mamá cabeza de chorlito.

—¿Y sabes qué más? —dije en voz baja—. Que las maestras no son personas normales.

¡Para que te enteres! ¡Ja, ja!

4 / Masa de galletas y otras cosas

El día despúes era sábado.

El sábado es el día que yo y mamá vamos al supermercado.

En ese sitio hay muchas reglas.

Como no gritar ¡QUIERO HELADO!

Y no llamar a mamá mala más que mala cuando no me lo compra.

Y no comer una bolsa entera de *marshmallows* que no es tuya.

Porque el señor de la tienda te la quita de las manos. Y te dice que "comer es lo mismo que robar, jovencita".

Después te lleva donde está tu mamá. Y ella tiene que pagar por la bolsa entera. Sólo que yo no sé muy bien por qué. Porque yo sólo me comí tres de esas cosas blanditas y ya está.

Los carros del supermercado tienen asientos. Ahí es donde se sientan los bebés. Yo no. Porque las niñas grandes pueden caminar por ahí ellas solas.

¿Y sabes qué más? Una vez mamá hasta me dejó empujar el carro a mí solita, sin ayuda de nadie.

Sólo que se cayeron unas cuantas latas de frijoles de las estanterías. Y a una abuela se le enganchó el pie en las ruedas de mi carro. Y ahora tengo que esperar hasta que sea más grande.

Mi pasillo favorito es el de las galletas.

Eso es porque a veces ahí hay una señora detrás de una mesa. Y nos da a mí y a mamá galletas para probar. Y ni siquiera tenemos que pagarlas.

Creo que esas galletas se llaman gratis.

Lo malo es que esta vez la señora no estaba allí.

—¡Qué mala suerte! —dije desilusionada—. ¡No está la señora gratis!

Mamá sonrió.

—No importa. Cuando lleguemos a casa haremos nuestras propias galletas para el Día de los Abuelos. ¿No te acuerdas? ¿A que va a ser muy divertido? —preguntó.

Yo moví mis hombros hacia arriba y hacia abajo.

Eso es porque, por supuesto, todavía estaba enojada con ella porque no me había llevado a la casa de mi maestra.

—¿Qué tipo de masa de galletas quieres? —preguntó mamá.

Yo le fruncí el ceño.

—Ya no quiero hacer galletas —dije—. Porque no me vas a llevar donde vive Seño.

Mamá me despeinó con la mano.

—Seguir enojada no te va a ayudar en nada, Junie B. —me dijo—. ¿Vas a elegir tú la masa de las galletas o lo tengo que hacer yo?

Entonces mamá eligió la masa de las galletas. Y me la dio. Y yo la tiré en el carro con todas mis fuerzas.

—Gracias —dijo mamá.

—De mucho —le dije.

Después de eso, mamá me sacó del supermercado. Y tuvimos una pequeña charla.

Una pequeña charla es cuando mamá está enojada conmigo. Y me dice: "quién te crees que eres, jovencita". Y *sactamente* hasta cuándo pienso que me va aguantar.

Después tengo que *culparme* con ella.

Culparse es cuando dices las palabras lo siento.

Sólo que en realidad no tienes que sentirlo. Porque nadie puede saber si lo dices de verdad o de mentira.

Después de la pequeña charla, nos volvimos a meter en el supermercado.

—¿Lo intentamos otra vez? —me preguntó mamá.

Entonces me dio otra caja de masa de galletas. Y yo la puse en el carro con mucho cuidado.

—Eso está mucho mejor —me dijo—. Gracias.

"De mucho", pensé en mi cabeza.

Luego me sonreí por dentro. Porque ahí mamá no me puede oír.

Después, yo y ella fuimos a la vuelta de la esquina. ¡Y vi lo que más me chifla en el mundo mundial!

¡Y se llama la fuente de agua!

—¡Oye! ¡Quiero agua! —dije muy contenta.

Luego fui corriendo hacia allí. Y subí de un salto al pequeño escalón.

—¿Quieres que te ayude? —me preguntó mamá.

—No —le dije—. Porque ya casi tengo seis años. Por eso. Y ya sé cómo funciona este aparato. Y también sé otra cosa —le dije—. Que no se puede poner la boca por donde sale el agua de la fuente porque se te pueden meter los gérmenes y te puedes morir.

Sonreí orgullosa.

—Me lo dijo Paulie Allen Puffer —expliqué.

Después acerqué la cabeza a la fuente. Y bebí durante un rato muy largo.

—Apúrate, Junie B. —dijo mamá—. Tengo que terminar la compra.

Me sequé la boca con el brazo.

—Es que no me puedo dar prisa. Porque si no, me duele la barriga y escupo agua. Porque a un niño que se llama William le pasó eso ayer en el parque.

Mamá miró el reloj.

—Está bien. Bueno, voy a estar aquí al lado, en el pasillo de los cereales. En cuanto termines de beber, ven derecho donde yo estoy.

—Bien requetequebien —le dije contenta.

Luego me di la vuelta y bebí y bebí y bebí.

Sólo que entonces me empecé a sentir un poco mal. Y me tuve que sentar en el escalón y dejar reposar el agua.

En ese momento se abrieron las puertas del supermercado.

¿Y sabes qué?

¡Que casi se me salen los ojos de la cabeza! Pues eso.

¡Porque vi algo increíble!

¡Que se llamaba Seño!

¡Mi maestra de verdad que se llama Seño estaba en el supermercado!

5/ Un poco mal

Seño no me vio.

Eso es porque me escondí superrápido detrás de la fuente del agua.

¿Y sabes qué?

¡Que iba con un señor!

¡Y yo nunca había visto a ese señor antes!

"¡Oye! ¿Quién demonios es ese?", me dije a mí misma.

Entonces corrí todo lo rápido que pude hacia el pasillo de los cereales para contarle a mamá lo que había visto.

Sólo que de pronto me acordé que me

había dicho "se acabó lo de espiar". Y por eso, si se lo contaba seguro que me metía en un lío con ella. Creo.

Y así es que dejé de correr. Y me di la vuelta para ir a espiar a Seño un poquirritín más. Pero mamá ya me había visto.

—¡Oye! ¿Adónde vas? —me preguntó—. Ven aquí.

—Sí, ya, pero es que no puedo ir ahí —le expliqué—. Porque me acabo de acordar de algo muy importante. Y es que ¡todavía no he terminado de beber!

Entonces me fui corriendo a la fuente de agua. Sólo que Seño y el señor ese que no conozco habían desaparecido.

—Demonios —dije—. ¿Dónde se habrán metido los muy pillos?

Después de eso, me tuve que poner a buscarlos por todo el supermercado.

Primero miré donde estaba la leche con chocolate. Después miré donde estaban los *paguetis* y la salsa de tomate. Y también miré donde estaban los caramelos esos riquísimos.

¿Y a que no sabes dónde los encontré?

¡Donde están las verduras que dan tanto asco! ¡Justo ahí!

Me agaché muy rápido y me escondí a la vuelta de la esquina.

Luego empecé a espiarlos un poquirritín.

Vi a Seño agarrar un asqueroso *broncoli*.

Y una *col y flor*.

Y esa verdura tan rara que se llama *ver enjena*.

Pero entonces, el señor ese que no conozco, le quitó la *ver enjena* de las manos. Y quiso volver a ponerla en su sitio.

Pero Seño la volvió a agarrar.

Y hizo como si le fuera a dar un golpe en la cabeza con ella. Y entonces los dos se empezaron a reír un montón.

Pero en ese momento pasó algo muy horrible.

Y se llama que Seño y el señor desconocido se dieron un beso enorme.

¡Y lo hicieron delante de todo el mundo mundial!

Me tapé los ojos. Eso es porque estaba *vergonzada* de ella, pues claro. ¡Porque las maestras no pueden hacer esas cosas tan feas!

Después de eso, miré un poquito a través de mis dedos. Y vi que Seño estaba junto a las uvas.

Agarró un racimo de las verdes. Y luego arrancó algunas de las que estaban arriba.

¡Y entonces pasó la cosa más superhorrorosa del mundo!

Porque en ese momento, ¡Seño se metió las uvas en la boca!

¡Y se las comió!

¡Seño SE COMIÓ las UVAS!

¡Y ni siquiera las había PAGADO!

—¡Oh, no! —suspiré muy preocupada—. ¡Oh, no! ¡Oh, no!

Porque comer es lo mismo que robar, ¿te acuerdas?

¡Y las maestras no pueden robar! ¡Las maestras tienen que ser más superperfectas que nada! ¡Porque tienen que dar un buen *jemplo* a los niños pequeños!

Después de eso me empecé a sentir muy mal de la barriga.

¡Porque además a Seño no la pillaron y no aprendió la lección!

¡Porque nadie vio lo que había hecho!

Ni el señor del supermercado.

Ni el señor ese que no conozco.

Nadie.

Nadie menos yo.

6 / Labios cerrados

Yo no acusé a Seño por lo que hizo.

Y eso es porque si se lo decía a mamá, me iba a meter en un lío por espiar.

Y si se lo decía al señor del supermercado, Seño iría a la cárcel.

Así que guardé el secreto en mi cabeza.

Porque nadie puede ver los secretos que tienes en la cabeza.

Ni aunque te miren por las orejas.

El domingo, el abuelo y la abuela Miller vinieron a casa a cenar. Pero yo no podía hablar mucho con ellos.

Eso es porque los secretos se escapan enseguida. Y yo no quería que sin querer se me escapara de la boca.

—¿Por qué estás tan callada hoy, Junie B.? —me preguntó la abuela en la mesa—. ¿Te comió la lengua un gato?

Abrí la boca hasta atrás.

—¿Qué gato, abuela? ¿El mismo que el camión de los helados hizo papilla? ¿Por qué se quiere comer mi lengua? ¿Es que su lengua se quedó toda despachurrada en el accidente?

La abuela Miller puso una cara rara. Y dejó de comer su bistec.

Mamá me miró sorprendida.

—De repente estás de lo más parlanchina. ¿Eso quiere decir que ya no estás enojada por lo de las galletas?

Entonces me acordé que no podía hablar porque si no, se podía escapar el secreto.

Cerré los labios y los apreté con fuerza.

¿Y sabes qué más? Que incluso al día siguiente, cuando estaba en el autobús de la escuela, seguí con los labios apretados.

—Hola, Junie B. —me dijo mi *supermejor* amiga Grace.

Yo la saludé con la mano.

Entonces la tal Grace me frunció el ceño.

—¿Por qué no me dices hola? Tienes que decir hola. Así son las reglas.

Pero yo no le dije hola.

Y luego me dijo que yo apestaba.

Y cuando llegamos a la escuela, la tal Grace le dijo a Lucille que yo era mala. Y entonces, las dos jugaron a los caballitos solas.

Y yo no jugué.

Así es como acabé canturreándoles algo muy fuerte.

—¡TENGO UN SECRETO! ¡NA NA, NA NA NA! —canté.

La tal Grace se puso las manos en las caderas.

—¿Y qué? —me dijo—. No nos importa. ¿A que no, Lucille?

Sólo que Lucille salió corriendo superrápido hacia mí porque a ella si le importaba. Pues por eso.

—Si me dices tu secreto, seré tu mejor amiga —me dijo.

—Lo que pasa es que no puedo, Lucille —le expliqué—. Porque si te digo mi secreto, Seño se puede meter en un lío muy gordo. Y por eso, lo tengo que dejar guardado en mi cabeza.

Lucille me frunció el ceño.

—No está bien tener secretos dentro de la cabeza, Junie B. —me dijo—. Mi hermano dice que si guardas los secretos en la cabeza, empiezan a empujar. Y al poco rato la cabeza explota.

Abrí mucho los ojos.

—¡Oh, no! —grité toda asustada.

Entonces me sujeté la cabeza muy fuerte con las manos. Y salí corriendo a la enfermería superrápido. Porque la enfermera tiene curitas que te pueden sujetar la cabeza. Creo.

—¡MI CABEZA VA A EXPLOTAR! ¡MI CABEZA VA A EXPLOTAR! —le grité a la enfermera.

Ella saltó de su escritorio y vino corriendo hacia donde yo estaba.

—¿Qué te pasa Junie B.? ¿Te duele mucho la cabeza? —me preguntó.

—No. Es que tengo un secreto muy malo. Es sobre Seño. Pero no le puedo decir a nadie. Y me aprieta la cabeza. Y necesito una curita. ¡Porque si no, va a explotar!

La enfermera me dijo que me calmara. Luego me puso una curita en la cabeza. Y yo y ella fuimos a la oficina de Director.

Director es el jefe de la escuela.

Yo y él nos conocemos muy bien.

Eso es porque todo el rato me mandan allí. Y ahora no le tengo ningún miedo a ese señor.

Director me sentó en una silla grande de madera.

—Buenas tardes, Junie B. —me dijo—. ¿Qué problema tienes hoy?

—Buenas tardes —le contesté—. Mi cabeza va a explotar.

Director me frunció el ceño.

—¿Y por qué piensas eso? —me preguntó.

Puse una mueca un poco rara.

—Pues porque tengo un secreto ahí metido. Pues por eso —dije.

Director se sentó en su enorme escritorio. Se cruzó de brazos.

—A lo mejor, si me dices tu secreto, te puedo ayudar —me dijo.

—Sí, claro, lo que pasa es que no puedo hablar —le dije.

Director me miró con cara de desilusión.

—Pero yo creía que éramos amigos —me dijo.

—Lo somos —le dije—. Y ya ni siquiera le tengo miedo.

Director sonrió.

—Bueno. Eso está bien —me dijo—. Entonces, ¿por qué no me dices lo que te preocupa?

Entonces yo le resoplé.

Porque este señor ni siquiera me estaba escuchando.

—Lo que pasa es que ya le dije que no puedo hablar. Porque si hablo, a lo mejor le digo sin querer que mi maestra robó unas uvas en el supermercado. Y la llevarán a la cárcel. Y por eso tengo que guardar mi secreto dentro de mi cabeza. Y ya está.

Me estiré la falda.

—Y punto —le dije.

Luego cerré los labios y los apreté muy fuerte. Porque se podía escapar mi secreto.

Sólo que... ¿sabes qué?

Que creo que ya se había escapado.

7 / Uvas ácidas

Director llamó a Seño y le pidió que fuera a su oficina.

Sólo que yo no sabía que él pensaba hacer algo tan malo.

Y por eso me levanté la falda y me tapé la cabeza. Porque si no, Seño me iba a ver. Y sabría que yo la había acusado.

—No hagas eso —me dijo Director.

—Lo hago porque puedo —le contesté por debajo de la falda—. Porque tengo estas medias nuevas rojas y además llevo pantalones cortos.

Después de eso, Director salió de su oficina. Y oí la voz de mi maestra.

Entonces me levanté muy rápido de la silla de madera. Y me escondí debajo del escritorio enorme de Director. Porque estaba asustada y me daba miedo lo que iba a pasar luego. Pues por eso.

Me quedé ahí quietecita durante mucho rato.

Luego oí unos pies que entraban en la oficina. Y empecé a respirar sin hacer ruido.

—¿Junie? ¿Junie B. Jones? —dijo Director.

—Seguramente está escondida —dijo Seño—. Eso lo hace muy bien. ¿Sabe?

Y en ese mismo momento tenía que pensar algo muy rápido. Porque si no, me iban a empezar a buscar. Creo.

—Sí, ya, lo que pasa es que Junie B. Jones no está escondida —dije con voz de fantasma—. Junie se ha tenido que ir a su casa. Pero no llamen a su mamá. Porque se enojaría mucho con ustedes y les partiría la cara.

Después de eso, unos pies empezaron a moverse muy deprisa alrededor de la mesa. Era Director.

—Salga de ahí inmediatamente, jovencita —dijo.

Yo lo miré por el rabillo del ojo.

—Demonios —dije en voz muy bajita.

Entonces tuve que volver a sentarme en la silla grande de madera. Y Seño se sentó justo a mi lado. Pero yo no la miré. Porque si la miraba, seguro que me enseñaba el puño.

—Buenas tardes, Junie B. —me dijo con voz muy amable.

Tragué saliva.

—Creo que tú y yo deberíamos tener una pequeña charla —me dijo.

Entonces mis ojos se mojaron un poquito. Porque tener una pequeña charla quería decir que me iba a gritar un montón.

—Es que... yo no quería acusarla —dije muy rápido—. Porque yo no quería que fuera a la cárcel por robar uvas. Y por eso me guardé el secreto en la cabeza. Y no hablé. Y la abuela Miller pensó que un gato muerto se había comido mi lengua. Sólo que Lucille hoy me dijo que la cabeza me iba a explotar. Y por eso me fui corriendo a ver a la enfermera, para que me diera una curita.

Y ella me trajo a ver a Director. Y entonces mi secreto se me escapó de la boca sin querer.

Seño me secó los ojos con un pañuelo.

—Está bien, Junie B. —me dijo—. No estoy enojada contigo. Sólo quiero saber qué viste en el supermercado. ¿Me puedes contar lo que viste?

Entonces ella dijo la palabra *sactamente*.

Yo empecé a decir en voz bajita:

—*Sactamente* la vi comer uvas. Pero no las pagó al señor del supermercado. Sólo se las puso en la boca y se las comió. Y a eso se le llama robar. Creo.

Después de eso, volví a esconder la cabeza debajo de la falda.

—No tienes que esconderte, Junie B. —dijo Seño—. Yo soy la que se debería esconder. Yo soy la que se comió las uvas.

Me asomé por debajo de la falda para verla.

Entonces Seño sonrió un poco. Y me explicó lo que había pasado.

—Hace dos semanas compré unas uvas en el supermercado —me dijo—. Pero cuando las llevé a casa, me di cuenta de que estaban tan ácidas que nadie las quería comer.

—Por eso, esta semana cuando mi marido y yo volvimos al supermercado, pensé que antes de comprarlas debería probarlas.

Yo levanté las cejas.

—¿Eso se puede hacer? —pregunté en voz baja.

Seño movió la cabeza.

—No —me dijo—. Eso no se puede hacer. Debería haberle contado al señor del supermercado lo de las uvas ácidas. Y luego, debería haberle preguntado si podía probar una o dos. Pero no lo hice. Y tú tenías razón de preocuparte cuando me viste comerlas sin pagar.

—¿De verdad? —pregunté.

Señorita sonrió otra vez.

—Por supuesto que sí —dijo—. Eso demuestra que sabes lo que está bien y lo que está mal. Y también demuestra que los maestros también se equivocan, como todo el mundo. Los maestros no son perfectos, Junie B. Nadie es perfecto.

Después de eso me sentí muy aliviada. Porque ya no tenía más secretos. Por eso.

—¿Ah, sí? ¿Pues sabe qué más vi? —dije contenta—. La vi a usted y a un señor que no conozco dándose un beso muy grande. ¡Delante de todo el mundo mundial! ¡Sólo que usted no sabía que yo estaba espiando! Porque a mí no me dejan espiar ni un poquito. Pero mi mamá no se enteró.

Sonreí muy orgullosa de mí misma.

Pero Seño no sonrió.

Y Director tampoco.

¿Y sabes por qué?

Pues porque se me había escapado otro secreto.

Pues por eso.

8
El Día de los Abuelos

Seño volvió al Salón Nueve porque la campana empezó a sonar para que empezara kindergarten, por supuesto.

Pero Director no dejó que yo también me fuera.

Me dijo que me quedara en la silla de madera.

Luego llamó a mamá por teléfono. Y le contó todo lo del supermercado. Y también que yo había espiado un poquirritín.

Director es un chivato.

Después de eso, mamá dijo que quería hablar conmigo. Pero cuando me puse al teléfono y le dije hola, ella no me dijo hola a mí.

Me dijo que no estaba nada contenta conmigo, jovencita. Y que no espiar más quería decir no espiar más. Y que hablaríamos de esto cuando ella volviera del trabajo.

Entonces mamá dijo que no quería volver a recibir ninguna otra llamada de Director. ¿Lo había entendido? ¿Eh? ¿Eh?

Miré a Director.

—Dice mamá que no la vuelva a llamar —le dije.

Luego mamá soltó un rugido enorme por el teléfono. Pero yo no sé por qué.

Después de eso, mamá y yo colgamos. Y Director me dijo que podía volver al Salón Nueve. Y entonces me fui corriendo superrápido hacia allí.

Pero ¡qué mala suerte! porque llegué demasiado tarde para cantar mi canción favorita de la bandera.

Y me tuve que sentar en la mesa, y ya está.

Le mostré a Lucille mi curita.

—¿Ves? No me explotó la cabeza —le dije muy contenta.

—Qué pena —dijo un niño muy malo que se llama Jim.

Le mostré mi puño.

Entonces él y yo nos enredamos a *puñezatos*.

Un *puñezato* es cuando le rompes a alguien la camisa sin querer.

¿Pero sabes qué? Que ni siquiera me metí en un lío por eso.

Porque justo en ese momento, ¡los abuelos entraron en el Salón Nueve para el Día de los Abuelos!

—¡EH! ¡AHÍ ESTÁ EL MÍO! —grité

emocionada—. ¡EL MÍO ES ESE SEÑOR CALVO!

—¡El mío también! —dijo una niña que se llama Charlotte.

—¡El mío también! —dijo mi novio que se llama Ricardo.

Luego entró una abuela rubia. Y tenía las uñas muy largas y rojas. Y unos aretes que colgaban, con joyas.

—¡Esa es mi nana! —dijo Lucille.

Yo le sonreí.

—Tu nana parece una ricachona, Lucille —le dije.

Después de eso, entró otra abuela. Y fue corriendo hacia Jim, ese que me cae tan mal. Y quiso darle un abrazo muy fuerte.

Pero el malo de Jim se quedó allí parado. Y ni siquiera la abrazó.

Yo le di unas palmaditas a la abuela.

—Yo la abrazaré —le dije.

Entonces yo y ella nos abrazamos superfuerte.

—Qué mal me cae su nieto —le dije dulcemente.

En ese momento, Seño dio dos palmadas muy fuertes. Y les pidió a los abuelos que se sentaran en la parte de atrás de la clase.

Después los niños empezaron a contar todo lo que hacíamos en el Salón Nueve..

—Aquí la pasamos muy bien —dijo mi *supermejor* amiga, la tal Grace—. Aprendemos a contar. Y a leer. Y a lavarnos las manos después de ir al baño.

—Y aprendemos a ir al recreo y a merendar y a pintar —dijo Ricardo.

—Lo que más me gusta a mí es pintar —dije yo—. Pero no han colgado mi dibujo. Porque hice un caballo. Y me salió la cabeza torcida, como si fuera una salchicha. Y entonces lo tuve que romper en pedazos y pisotearlo con mis zapatos.

Entonces el malo ese de Jim me hizo un gesto como si yo estuviera loca.

¡Y lo hizo delante de todos esos abuelos!

—Bueno, ¿y qué? ¡Todo el mundo se equivoca! —dije—. ¿No es cierto, Seño? ¿No es cierto? Porque el sábado usted le dio un beso a ese señor que no conozco en el supermercado. Y luego robó un montón de uvas. Y por eso, hasta los maestros se equivocan. ¿No es cierto?

Seño puso una cara muy rara. Luego, su piel se volvió de un color medio rojizo. Y no le salía ni una palabra.

—¿Seño, por qué no dice algo? —dije gritando—. ¿Es que el gato muerto también se comió su lengua?

En ese momento, la abuela Miller empezó a reírse muy fuerte en la parte de atrás.

Luego oí que mi abuelo también se reía.

Y muy pronto, muchos más abuelos empezaron a reír y a reír.

—¡OYE! ¡ESTO PARECE MUY DIVERTIDO! —grité.

Después de eso, Seño ya no estaba tan roja.

Luego sacamos los *frescos*. Y la abuela Miller me ayudó a poner mis galletas en un plato.

Seño *nunció* algo en el Salón Nueve. Y dijo que los niños sólo podían comer dos galletas cada uno.

Pero yo me comí cuatro galletas de chocolate riquísimas. ¡Y nadie me vio!

Eso no se llama robar.

Eso se llama comer extras.

Después de los *frescos*, los abuelos se *tenieron* que ir a sus casas.

Y entonces le di un abrazo muy fuerte a la abuela y otro al abuelo.

Y luego también abracé a la abuela del malo de Jim.

Y a la nana richachona de Lucille.

—Me encantan sus aretes —le dije.

Entonces Seño se dio cuenta de lo educada que estaba siendo. Y me sonrió de una forma muy bonita.

Seño tiene los dientes blancos.

Son como los dientes del abuelo Miller. Sólo que los suyos no se pueden sacar. Creo.

Aunque no estoy segura del todo.

¿Y sabes qué?

Que todavía me gustaría esconderme en su canasto de ropa sucia.

Pues eso.

kindergarten

Kindergarten es donde vas a conocer a nuevos amigos y a no ver la tele.

la oficina del director

Ahí es donde vive el jefe de la escuela. Se llama Director. Director es un calvete.

libros

Ahora sólo me gustan los libros con dibujos. Pero mi mamá dice que cuando sea grande me van a gustar los que sólo tienen palabras. Y también el repollo cocido.

sacapuntas

Los sacapuntas eléctricos hacen un ruido muy bonito. Y puedes hacer que los lápices sean tan pequeñitos como quieras. Sólo tienes que seguir empujándolos hacia adentro. Y cada vez se hacen más y más pequeñitos. Pero eso no funciona con los crayones. Lo intenté con uno rojo. Entonces el sacapuntas empezó a ir más despacio. Y luego hizo un ruido como *rrrrr-rrrrrr*. Y después de eso no volvió a hacer nada.

olfatear

Los perros pueden olerlo todo. Las personas sólo huelen los olores grandes, como los olores apestosos y las flores y la cena.

la enfermería

Ese sitio es lindísimo. Hay dos camitas para que te acuestes. Y dos mantitas que son de color a cuadros.

los baños

En nuestra escuela hay dos tipos de baños. Los del tipo niño. Y los del tipo niña. Pero yo no puedo ir al del tipo niño. Porque no dejan entrar a niñas.

esmalte de uñas

A mí sólo me dejan usar el tipo de esmalte que hace que las uñas brillen. Se llama claro. Claro es el color de la saliva.

Acerca de la autora

¿Habrá espiado Barbara Park alguna vez? "Cuando era pequeña, siempre me ocultaba en el cesto de ropa. ¡La ropa olía muy mal!", confiesa. Ahora le gusta seguir a los detectives de las tiendas para ver cómo atrapan a los ladrones. "Aunque parezca un cliente cualquiera, yo también me ocupo del caso", dice bromeando.

Barbara ha recibido muchos premios por sus cuentos cómicos para niños, entre ellos, siete premios ¡otorgados por los propios niños! y cuatro premios de la revista *Parents' Choice*. Barbara vive en Arizona con su esposo Richard y su dos hijos Steven y David.